*Para Lucía*

Título original: *Big Scary Monster*
Publicado por primera vez en el Reino Unido en 2009 por Templar Publishing,
una división de The Templar Company Limited,
The Granary, North Street, Dorking, Surrey, RH4 1DN, UK
www.templarco.co.uk
© Del texto y las ilustraciones: Thomas Docherty, 2011
© De la traducción: Miguel Azaola, 2011
© De esta edición: Grupo Anaya, S.A., 2011
Juan Ignacio Luca de Tena, 15. 28027 Madrid
www.anayainfantilyjuvenil.com
e-mail: anayainfantilyjuvenil@anaya.es

Primera edición, enero 2011
Tercera impresión, octubre 2013

Diseño: Manuel Estrada

ISBN: 978-84-667-9352-0
Depósito legal: M-19014-2011

Impreso en España - Printed in Spain

Las normas ortográficas seguidas en este libro
son las establecidas por la Real Academia Española
en su edición de la *Ortografía* del año 1999.

Thomas Docherty

# El gran monstruo espantoso

Traducción de Miguel Azaola

ANAYA

En lo alto de una montaña, no muy lejos de aquí, vivía un gran monstruo espantoso.

Era un monstruo mucho más grande y más espantoso que cualquier otro bicho viviente. Y él lo sabía.

Los animalitos que vivían en la montaña pasaban el tiempo tan felices, jugando unos con otros entre las rocas chiquititas y las pequeñas plantas.

Pero de pronto, cuando menos lo esperaban...

algo alteraba
la tranquilidad...

Con el paso del tiempo, los animalitos aprendieron a esconderse del gran monstruo espantoso.

Y él se aburría porque no encontraba a nadie a quien espantar.

Un día, el gran monstruo espantoso vio a lo lejos, en el valle, muchos más animalitos que jugaban tan felices entre rocas chiquititas y pequeñas plantas.

«Iré allí abajo y les espantaré a ellos también», pensó.

Así que echó a andar
montaña abajo.
  Pero mientras caminaba,
ocurrió algo muy extraño.

Cuanto más avanzaba, las cosas que le rodeaban parecían más y más grandes.

Las rocas chiquititas...

se convertían en grandes peñascos.

Las plantitas…

se convertían
en plantotas.

Y todos los animales
que desde lo alto
de la montaña
le habían parecido
tan pequeñajos...

eran en realidad muy, muy grandes. El gran monstruo espantoso no se había sentido tan diminuto y tan espantado en su vida, así que buscó un sitio donde esconderse.

«Ojalá pudiera volver a lo alto de la montaña, con los animalitos y las plantas pequeñas y las rocas chiquititas», se dijo el gran monstruo espantoso.

Y de pronto, cuando menos lo esperaba...

El gran monstruo espantoso
echó a correr montaña arriba.

Las plantotas...

se convirtieron
en plantitas.

Los grandes peñascos...

se convirtieron
en rocas chiquititas.

Y los animalitos...

no aparecían
por ninguna parte.

El gran monstruo espantoso se sintió
tan solo que se sentó y rompió a llorar.
Pero, de pronto, cuando menos lo
esperaba...

Al gran monstruo espantoso le gustó
tanto ver de nuevo a los animalitos que
se olvidó completamente de ser grande
y espantoso.

Desde aquel día, todos se hicieron
amigos suyos y jugaron juntos en
lo alto de la montaña.

¿Y a que no adivinas cuál era
su juego favorito?